Clifford
célèbre Hanoukka

Norman Bridwell

Texte français d'Isabelle Allard

Éditions
SCHOLASTIC

Merci à tous ceux qui ont travaillé
dans les coulisses pour donner vie à Clifford et à ses amis
— N.B.

Catalogage avant publication de Bibliothèque et Archives Canada

Bridwell, Norman
[Clifford celebrates Hanukkah. Français]
Clifford célèbre Hanoukka / Norman Bridwell ; Isabelle Allard, traductrice.

Traduction de : Clifford celebrates Hanukkah.
ISBN 978-1-4431-5451-2 (couverture souple)

I. Titre. II. Titre: Clifford celebrates Hanukkah. Français.

PZ23.B75Clh 2016   j813'.54   C2016-903044-X

Édition publiée par les Éditions Scholastic, 604, rue King Ouest, Toronto (Ontario) M5V 1E1.

5 4 3 2 1   Imprimé au Canada 119   16 17 18 19 20

Bonjour! Je m'appelle Émilie et voici mon chien Clifford. Ce soir, nous allons célébrer une fête juive appelée Hanoukka, avec mon amie Mélissa.

À notre arrivée chez Mélissa, toute la famille nous accueille.

Je remercie ses parents de nous avoir invités. Nous avons hâte de découvrir la fête de Hanoukka.

Mélissa nous apprend que cette fête dure huit jours.

Pour célébrer Hanoukka, les gens allument des bougies, mangent des plats spéciaux, chantent, jouent et échangent des cadeaux.

Dans la cuisine, la mère et le grand-père de Mélissa font frire des galettes de pommes de terre. Mélissa dit qu'on les appelle des *latkes* (lat-kès).

Elle m'explique que durant Hanoukka, les gens font frire les aliments dans l'huile pour se souvenir du miracle de l'huile qui s'est produit il y a très longtemps. Clifford et moi sommes heureux d'en savoir plus sur l'histoire de Hanoukka.

La grand-mère de Mélissa nous raconte qu'autrefois, l'huile était utilisée pour faire brûler les bougies de la *menorah*. La *menorah* était la lampe sacrée du temple.

Les gens du temple n'avaient d'huile que pour une journée, mais l'huile
a brûlé durant huit jours et huit nuits. C'était un miracle!
Voilà pourquoi Hanoukka dure huit jours.

Puis c'est le moment d'allumer la *hanoukkia,* le chandelier à neuf branches, et de réciter les bénédictions.

Comme c'est le huitième jour de Hanoukka, nous allumons les huit bougies. Je peux même en allumer une!

Ensuite, nous passons à table. Les *latkes* sont un délice, mais je préfère les *sufganiyot* (souf-ga-ni-ot). Ce sont des beignes frits dans l'huile et fourrés avec de la confiture.

Clifford aussi en raffole!

Après le souper, Mélissa, son frère Nathan et moi jouons au *dreidel* (dré-del).
C'est une toupie à quatre côtés.

Selon le côté où tombe la toupie, on gagne ou on perd des points. Nous comptons nos points en utilisant des *gelts* (guelts), c'est-à-dire des pièces de monnaie en chocolat.

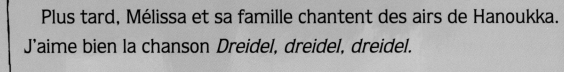

Plus tard, Mélissa et sa famille chantent des airs de Hanoukka. J'aime bien la chanson *Dreidel, dreidel, dreidel.*

Même Clifford agite la queue au rythme de la musique!

Pendant la fête de Hanoukka, les gens échangent des présents. Je ne savais pas que je devais offrir des cadeaux, mais les parents de Mélissa me disent de ne pas m'inquiéter. Clifford et moi sommes leurs invités.

Après l'échange de cadeaux, nous allons voir la *hanoukkia* géante sur la place du village.

Beaucoup de gens sont venus la voir. Elle est si belle et si brillante!

Soudain, les lumières de la *hanoukkia* s'éteignent. Tout devient noir! Comme la *hanoukkia* est très haute, il faut un camion spécial avec une grande échelle pour la rallumer. Mais toutes les entreprises de camions sont fermées le soir.

Je sais qui est assez grand pour nous aider : Clifford!

Clifford se lève sur ses pattes arrière, pose la patte sur une ampoule et la tourne.

Nous attendons en silence. Pourvu qu'il puisse réparer la *hanoukkia*...

La *hanoukkia* se rallume! Clifford l'a réparée!

Tout le monde est ravi. C'est la conclusion parfaite d'une merveilleuse célébration.

Pour Mélissa et sa famille, sauver Hanoukka était le meilleur cadeau que nous aurions pu leur offrir.

Nous avons hâte de célébrer Hanoukka l'an prochain!